아침에 쓰는 시

전윤호 시집

04
오후시선

아침에 쓰는 시

시 전윤호 | 사진 이수환

여락

아침

부쩍 시간을 잃어졌다는 말을 많이 듣는다.

즐거울 때 보다는 술을 때가 많은 삶이니 당연하다 싶다가도, 내가 그렇다고 독자들까지 전염시킬
필요는 없지 않을까 싶다.

그래서 가급적 아침에 쓴다. 밤에 쓴 아침에 고친다.

햇살 속에서 생각을 정리한다 보면 지난밤의 고통이 가벼워지는 것이다.

나의 믿으면서 희로애락의 경제가 점점 없어진다. 그냥 있는 대로 산다.

아침에 깨었을 때 시가 떠오르지 않는다면 일어나지 않을 것이다.

아직 그런 경우는 없었다. 오늘도 머릿맡에 수첩을 든 시가 기다리고 있다.

아침은 바쁘다.

1부

반짝반짝 빛나는

한 줌의 좋은 별들

더 멀리 져서

더 빛나기를

그 곳에 가서

십아구장

내 이마의 검버섯은
놀이블은 냄새건가
누구의 요리를 위해 꿈꿨던 흔적인가

요즘 자주 울어
잘 못 걸린 전화가 연인을 찾을 때
빗방울이 난간에 매달려 빛날 때

실패한 줄 알면서 아침에 깨고
아니 줄 알면서 한밤까지 기다리지
습관으로 숨 쉬는 날들

건전지 교체하라며 삐삐 거리는
현관문이 비밀번호를 거부할 때
마지막 보름달이 떠오르네

누구나 알아 때날 때가 되면
극장의 불이 꺼지고 술도 주체가가 흐르지
저기 내 검은 배낭을 건네주렴

밤길체를 뜯지 마세요
오늘도 걸이 멀어요
옥수수 죽 꿇이는 연기 산 마루 맴돌면
위대한 해가 뜨지요
아무리 집이 많아도
내려가진 않아요
비열한 족속들에게 쫓기느니
차라리 바람을 견지요
시체들이 기다리는 도시가
산 꼭대기에 있어요
우리의 심장을 까내 바쳐 제단도
썩는 중이지요
이 고단한 일정
끝날 때 마지않았으니
읽기는 쓰지 마세요

정직하지 못한 글자는 해름답니다
우리의 생각은 노래로 남아
입과 입을 통해 기억되겠지요
군도르처럼 하늘로 날아
다시 내려오지 않겠지요

솜틀나무

봄볕이 좋아 마당에 앉았어요
한나무 곁에서 솜틀을 켰었지요
바람 없이 씨가 우네요

꽃도 피고 열매도 맺었지요
이 풍경은 너무 좋아
나만 빠지면 될 것이요

계속 춤추위는 견뎠지만
눈부신 햇살이 힘드네요
솜튼 시 쓰느라
캄캄케 죽은 내 손가락들

아내는 먼 곳에 있고
아이들은 더 멀리 잤어요
나는 또 왜 이리 늙었는지

제일 큰 솜틀 하나 묻어요
운이 좋으면 나무가 되고

한 편의 별의 활조

유
ㅅ
의
한
의
제

안개가 한기를 걷히자
춘천의 가을이 시작됐지
은행나무들은 노란 안단자를 깔고
무릎을 살색 굽히며
춤을 추자더군
알조가 빨갛진가요
가끔을 남기며 밀려오는 물결처럼
무릎처럼 빨갛 물들이요
널 찾을 수 없어
평생 떠돌았지
달에도 가보고 화성에도 가봤어
태양이 붉꽃을 뿜을 때
답답한 그림자를 태워 막기도 했지
지금은 그냥 버려 둘어
물고돌다 보면

어느새 내 앞에 내가 서 있겠지
거기가 춘천이든 백조자리든
우리는 숨 쉬고
아직 사랑하겠지

깨면 낯선 방
처음 보는 벽지가 어색하다
어젯밤 누군가에게
사랑한다 말했던가
아련하게 거절당했던가
빈속에 손목시계를 찬다
두통은 접으면 잊혀지지
그대가 잠든 새벽
먼저 신발을 신는다

달
경
이

소나기 그친 뒤
난간에 매달린 빗방울
잠깐 소름 돋다

볕타는 여름으로 돌아간
저 도는 목숨을
합치기도 하고
무거워 떨어지기도 하면서
잠시 지는 거지

내 손 놓는 그대여
더 멀리 가시라
더 좋은 곳에서
하늘을 적시며
반짝반짝 빛나기를

봄이
온다

꽃처럼 보고 싶구나

간밤에도 눈 내렸지만
봄은 온다 친구야
언제나 무지개 같은 지리산 길에는
발가락 꼼지락 거리는 것들이
슬슬 깨어나고 있겠지
오타 많은 내 글은
오늘도 얼어붙은 바닥을 기지만
생각에 얼룩붙는 한기가 진길지 않으니
그만 풀어야겠구나
이제 밥은 잘 먹지
커피도 마시고
마실도 싫것 다니지
오랜만에 창문 여니
부고 받고 가보지 못한 겨울이
손가락질 받으며 겁을 쌔고 있어

별
똥
별
에
게

나는 항상 기다리지
밤 먹고 잠자는 별들이
먼분에 지루하지 않았어
먼저 떠나지 못해

눈을 맞는 담벼락
이편에 하양게 엳어붙으면
거우 내내 행복하겠지
지구는 태양을 빙빙 돌고
어쩌다 혜성에게 소식을 전하지만
당신을 기억하고 있는
이 별은 슬프지 않다네

번개시장

— 최영욱

앓이라 들었지
이 나이엔 병이
손쉽게 목록 같아

밤 시장 왔다가
모르면 겉은 소주 마시고
택시 타고 돌아가는 길
어느 새 비 내려
왔어피 빼긴이고
그녀는 막바지라네

여긴 그저 내 함실일 뿐
내가 가진 표는
얼마면 살 수 있을까

떠나는 사람은 모르지
청둥이 출발신호를 울리기 전에
남은 가슴은 이미 금이 갔다네

취한 사람이 고통 받는 세상
나는 그래서 무신론자
잠깐 모였다 헤어지는
번개시장처럼

사막이 넓은 이편에서는
열흘 늦게 도착해도
신의 뜻대로
이 한 마디면 된단다
황무지를 걸어오는 여정은
언제나 위험하니까

한반도 남쪽 섬에는
망부석이 하나씩 있는데
배가 도착해 그 사람이 돌아오면
인제든 다시 살아난다고 한다
말 한 마디 없이 손만 흔들어도
바위는 괴가 돈다 한다
먼 곳까지 너무 걸 보여 서러운 전망대

오늘은 종일 귀신 우는 바람 불고
뱃길은 끊겼는데
신부지 동백만 환하게 웃으며 핀다

눈사람

밤새 눈 내렸다
기척 없이 문밖 서성이다
새벽을 걸음으로 돌아가고
끝내 발길 돌린 사람
아직 어린 전봇대는
차마 울지도 못하고
발자국 강으로 길게 뻗었다
아침이 되자 해 뜨고
어디에도 눈은 없었다
진심은 오래 매달리지 않는다
다시는 좋지 않고
봄이 시작되었다

내 마음의 구름 종

나라가 없다고 끝이 아니야
저마다 가슴에 영토를 만들고
정수리에 깃발을 세우면 돼
살다보면 함락도 당하고
포로가 되기도 하는 법
지금 모욕을 견딘다면
친구가 없어도 일어날 수 있어
지구는 상처뿐인 사람들이 사는 별
체격을 하루뿐는 지도 조차
모두가 고이고 싶함면이지
고삐를 쥔 긴수하고
누군가의 땅이나 않이 되지 마
너만 괜찮다면
나라는 언제든 다시 만들 수 있단다

아침에 코피가 난다

누가 때렸나

지은 죄가 많아

창문을 연다

날은 흐리고

눈이 오려는지

그녀가 깔깔 웃느다

2부

말 한 무릎이 있다면

무엇엔 붙여

우리는 주름으로지

채우려한

고래고 부드는 자은 독별꽤가 있다. 독솔에 눕한 자기 없이 건고 있다. 통증을 참으며 소주를 마시고, 내일이면 잊 부드러운 순결 중에 상대의 목속에 심는다. 어버릴 긴 통화를 하면서.

기미도 없이 가슴 깊이 꽤고 드는 빨때, 심은 자는 기다 린다. 자신을 바라보는 눈길이 깊어지기를.

내가 되면 고드는 꿈틀거리며 가슴을 헤집는다. 독이 주 는 고통 중에 가장 아프다 한다.

고독에 중독된 자들은 안다. 소멸할 때까지 헤어날 수 없음을.

이 세상은 중독된 노예들이 건설했다.

내 속엔 도대체 몇 종류의 빨때들이 숨어 있는 걸까. 이 황량한 시마에서 누가 시작했을까.

오늘도 방거리엔 눈자위가 거무죽죽한 중독자들이 하염

정차중

한 번도 공짜를
끝까지 채운 적이 없지
저 빵빵은 약불도
중간에 비웠어

누군가를 계속 미워하거나
사랑하지도 못 했네
절망의 뻔한 이야기
마지막까지 확인하기 싫어

가야할 도시도 많고
도중에 서는 역도 많으니
개찰구에 웃음 하나 남기고
뻔한 인사는 생략하렴

네 남자는 적토마를 타고
방천화극을 휘두르며
힘 있는 자를 섬기지
버리는 나쁘지만 눈치는 빨라
주인도 결빛하면 갈아치우는
그의 꿈은 동탁이 되는 것
진정 만인의 사랑을 받는 미녀라면
애인의 목을 베어야 하리
이 나라 산맥 땅 어포들이
둥근 지붕 아래 모여
법 없이 법을 만드니
말도 빼고 길도 빼어
한 백 년 내쫓으려면
제 가슴에 칼 꽂는 자오로
힘없는 아비를 위해

그대 몸부터 희생해야 하리

이른 봄

해가 나니 바람도 잔다

이 간단한 이치를
십이 넘어 알았네

새순 돋는 모습도
길고양이 찾아오는 순서였네

다 보이는 순서였네
북부 환공뿔소 마지막 수컷이 죽었다는데

묽은 신 탁탁 밟어
배낭에 물 넣고

뒷산이나 오르련다
꽃 피기 전에

이젠 모두 잊고 싶구나

시 쓰다가 창 열면
별들이 반짝거린다

머리 식히려 산책하는 오후
바다도 공장도 간체미도
전부 비유로 보인다

다른 나처럼 외롭울까 궁금해
무게운 문학잡지 보면
시는 죽었단다

그럼 난 유령이네
후배 시인에게 문자보내니
지리산에 있단다

정신이 반짝인다
또 얼마나 많은 시를 쓸까
시가 안 풀리면 무작정 떠나
벗선 여인숙에서! 밤을 샌단다

밤새는 것들이
은하수처럼 반짝이는데
위태롭다는 세상은 어디일까

오늘은 잠 좀 자려했느니
속에서 매미들이 운다
헐 말이 많다고
좀 캐내랍라고
참 소란스러운 우주다

시인

작은 상관없어
누구와도 세우지
텃밭가와 웅크트
행복을 모르는 청점으로
둥지에 방해가 되는 후회는
죽은 뒤 생각해
몇 폰 집어주고
청탁하는 저들은 모르지
애뜻죠 우리는 도망자
그들의 농노였을 뿐
저불리한 전투가 두렵지 않아
씨우는 한
우리는 자유인이지
마음에 맞는
딸 한 딸만 있다면

순

지난밤 누가 다녀가셨나
동백숲이 들러썬 비질한
붉은 꽃이 활짝 피었네
새들은 웅성이고
바다가 반짝이는 오후
해바람은 다리를 쭉 뻗으며 물질하고
온몸 들때 어수선한 바람
밤새 파도에 뒤척인 나도 모르게
누가 다녀가셨나
겨울이 춥지 않네

종일 함내새 나
바다로 도망쳤지

포구에 달 뜨면
방파제에 던지는
수의 타는 소리

누군가 천정에서 우는 밤
잠들지 못하고
조금씩 춤틀리고 있었네

설피

눈이 무릎을 덮은 날
우리는 빠졌지 돼지 잡으러
딸을 게 부족한 겨울
사냥은 또 다른 농사라네

축경꾼이 앞장 서고
창꾼이 뒤따라가는
설피를 신은 화전민들

제 식구 먹이려 다른 생명 잡는 일에
구구한 말은 필요 없지

내 가슴 속으로 들어간 저 발자국들
아직 돌아오지 않은 아버지를
오늘은 관솔불 믿에서
내가 신을 설피를 만드네

바다는 이별이 만든 상처

태연한 척 후회가 위장한 파도

눈이 내린다

부드를 지우고

앞섬마저 가리더니

나도 지운다

겨우 내내 봄까지

여름 지나 가을까지

이대로 한 달 년

빙하로 남겨질 슬픔

눈이 내린다

끝까지 용서하지 않겠다는 듯

서걱서걱 밤새

눈이 내린다

오래 참아온 밤들이 준여
화석이 되는 밤

추억도 공소시효가 있어
사랑한다고 언제까지 잡아둘 순 없겠지
표승충에 뮤여 설러가는 시간을
변호인도 없이 유죄가 되고
종신형 받을 후회하는 어쩔까
불타는 겨를 여읜눈 내리네

겨울비 내리고
청구정 끓었다

나무 한점 싶은 드뎌 용쓰며
고개 올라가는 아침
고양이는 색깔 없는 꿈 꾼다

아무 일도 없는듯 넌
전화를 하고
가벼운 인사말을 남겼다

공부도 아닌데 밤상을 차린다
시 한줄 쓰지 못하고
소멸을 막느냐

3부

모든 이들은 무릎을 꿇습니다
오직 한 사람을 빼놓고
바로 그 사람이

불 때는 집은 콩죽이 있지
하늘로 오르는 연기
용기도 빛은 도깨비 콩죽
안을 지켰을까
밥을 지켰을까
콩죽은 내가 아직 뜨겁다는 신호
겨울밤 술집 문밖에서
담배 피는 내 곁의 도깨비
눈발 속에 피어오르는 불꽃

더
깊은
풍경

저 개도 안 물어갈 놈
아버지가 화나면 하던 말이
지구 곳곳에 들린다
잎 하나가 두렵고
순 하나가 애처럼 가난한 가족
물여시 같은 너
아내는 그런 말을 가슴에 담고 산다
내 속에서 개는 늙고
여우는 햇빛이 되었지만
그때나 지금이나 변하지 않는 건
그렇게 말하는 사람들이 밉지 않는다는 것
별세 후반전
이번 생은 점수만 까먹었지만
승부는 아직 모르고
나는 지지 않았다

대합실

틈이겨 생각해보니
평생 헤어진 일이 없다
떠났다 생각해도
뿔보다 가까운 곳에 있었다
우리는 언제 만났을까
서로에게 없던 시간이 생각나지 않는다
이별이 꿈이 아니라면
함께 분사차했을 터
이제 구조 신호 은하를 건너
빈 배 하나 도착할 때까지
기다릴 뿐이다
멀미약이나 챙기며
서로 바라보고
멋쩍게 웃을 뿐이다

매운탕

배를 가른다
비늘을 긁어내고
깨끗하게 씻다

도마에 올려 토막을 치다
양념장을 만들고
소금을 치다
청양 고춧가루를 썰다

가스불을 켜다
나를 펄펄 끓이다
중불로 줄이고
널 생각하며
결국 졸다

더 큰 바다로 이어지는 길
녹나무에서 면나무로
제충하는 까마귀 소리

떠나는 사람은
먼저 보낸 사람이 있어
모든 이별이 반복된다

파도로 주저앉는 어느 항구에서
처음 보는 사이처럼
우연히 다시 만날 것이다

반복

어둠은 정류장
키 작은 엄마

어린아들 손 꼭 잡고 있다

집에 가자 집에 가자 엄마

차가운 말이 내려다보는

겨울은 반복이다

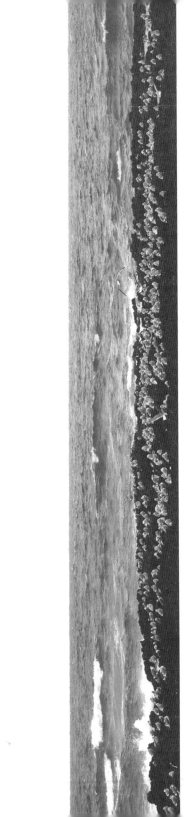

바다를
잣는
다리

흙으론 발이 외로울 때
바다로 가면
밤이 검게 칠한 배경에
그제야 드러나는
서로의 먼 거리
우리에게 숨겨진 다리가 있을까
늘은 걸배기는 더 낱지 못하고
기득기득 검붉은 방파제 걸어가네

외출

여객선이 지나가며
빛고동이 울었다
여객선이 떠나자
섬이 울었다
밤땅 앞에 비스듬히 누워
남은 밤을 헤아려 본다
저 멀은 편안하구나
바다와 하늘 사이
걸리는 미련 하나 없고
동백숲 아래
붉은 죽음이 피어나네

읽는다

알록달록 혼잎으로 산
아직 딱딱한 대봉 세 알
그냥 두면 익어서
홍시가 된단다
나무와 헤어져도
익어가는 열매는
까만 희망을 숨긴 채
죽음을 뛰어넘는가
딱딱한 얼굴로 사내 하나
거울 보고 있다

이슬

봄비 내리는 이른 아침
새 숲 흔들릴 때
아득한 정적을 한 때 난다
밤새 청수리에서 흔들리던 날개짓
제 속을 죄어대면 부리
먹구름은 시위대처럼 하늘을 끌고 가고
사랑하지도 않으면서
내 집을 떠나지 않는 식구들이
아직 잠들어 있는데
지붕을 두들기는 먼 북소리
들어보지 마라 이별에
나는 보았으니
내가 머리를 낼 때
빈 둥지로 마땅하구나

아침은 어둡고 나는 떠나네

아래층 사내가 피우는 담배 냄새가
잠을 쫓는 새벽
지금 밭과 항구로 가면
그 섬으로 가는 배가 기다리겠지
이 지루한 아침
비릿한 해가 뜨고
무례한 졸음 조금 남았다
마지막 졸음 조금 남았다
이제 가자 간다고 울어줄 사람 없으니
잠시도 쉬지 않는 보일러 앞에서
텅 더미로 부러진 팽생
빨래통처럼 제한 봉지
오늘 지 해는 또 어떤 밤을 빼쳐나왔나
아둠과 안개 속에서 길을 잠을 때
너는 어느 하늘에서 반짝이고 있었나

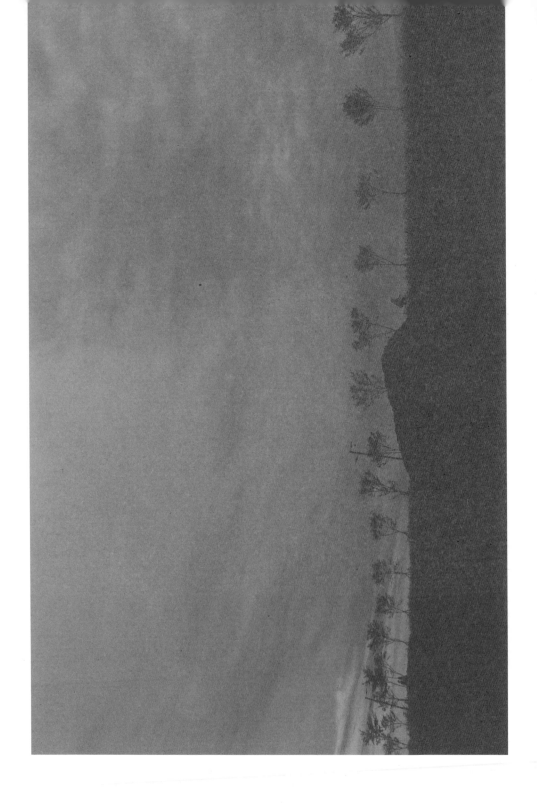

해장

내 외투는 바다
주머니에서 양미리가 나오지
젖을 잔뜩 괘담고
바람 속 걸어가면
가끔 배 특특 째르는
고래의 취기
지난밤 또 누가 태풍이 있을까
제 속을 저도 몰라 침몰하는
단주 안에 밀어 넣은 슬픔들
나는 길 없는 해서
소멸을 향해 들진 중

이별

별 잊으련 사해로 갔지
동해는 너무 깊어 나까지 잠기니까
개펄은 상처를 드러내고
갯메기에게 쪼아먹게 한 뒤
슬프지 않은 척 돌아눕더군
한 사람은 받지 않는 술잔에서
누군가를 기다 거절말하고
뻘흙 걷은 소주 마시며 후회했어
내가 건널 배는 없더군 이 바다엔
체험공장의 굴뚝 위로 해가 지고
기운 달이 노래했지
화산에 불을 붙여라
자기 눈은 해정이 죽어가는구나
항구에 밤을 걸었지만 겹들지 못하고
넘이 밝기 전 풍기듯 들이쉈네

4부

사랑한다 그 말을 행복하게 완성한다

이 세상 끝날

눈
사
람

허탈도 없이 마당에 내리는 눈
보라는 듯 춤이춤이 반짝이는 후회를
오십 하나 오십 둘 오십 셋
누군가는 살아보지도 못한 나이
반성도 없이 세 준 조시를
한 발 더 나가면
다시 돌아오지 않는 불빛을
이 정도면 만족하니
장차럼 내려꽃하며
등 때미는 등 때미는 눈발

막배가 떠난 섬
빈 부두가 연앉은 갈매기
부처를 자물쇠로 가두고
동백이 지키는 암자

시금치 밭을 털어낸 들판
속이 보이지 않는 배추
올라가는 길은 있어도
내려오는 길이 없는 벼랑

먼바다에서 노을이 밀려올 때
살짝 돌아앉은 맘부서
이제 알겠네
사랑한다고 더 행복하진 않단다

딸
켜

가슴 시린 아침 깨닫지
때닌 떼라느걸
이미 우리 사이엔
잠긴 문들
받지 않는 전화
남은 건 추억뿐이지
조금 더 남은지
딸 아래도 멀어지겠지
멀어붙은 마음 속에서 썩어가는
겨울이 두렵지 않아
이별은 지정된 순점일뿐
아무리 걸어도
노래는 끝나지 않았으니까
무릎을 개안고
북을를 기다려

흐르는 강물 가을

기찻길이 내륙으로 이어지면
배낭 하나 메고 가겠다
이름 모를 동네들과
어디서 본듯한 사람들을 지나치면서
괜한 공상을 펼치기도 하고
세상 어디나 결국은
내 속과 다르지 않다는 걸 확인하면서
천천히 멀카가겠다
세상엔 나 말고도 시인이 많으니
한 사람쯤은 지나가는 말로 기억해주겠지
화단이 소리 들으며 잠드는 밤
궁중 천장이 울린다

달력

겨울밤 종로경찰서 앞에서
버스기다리다 죽은 달력
절 사진틀이 예뻐 가져왔는데
10월 31일 칸에 글씨가 있다

어머니 제사

그날 눈이 왔던가

삼각산 조계사 국화 향기 나눈 길 아래
저 못생긴 글씨 때문에
그날은 아들 불러 음복 한잔 해야겠다

영원한 하루

아침에 깨나 살아있네
꿈은 내내 지속이었지
얼마 안 되는 하루
한 일도 없이 하기지고
뭐라도 해야겠지 중중거리다
또 해가 지네
그리워도 다 보지 못 하고
소주 한잔에 잠기는 마음
이제 껌꿈하게 죽자
내일은 깰 수 있을까
아니면 그만이지
뭐 대단한 배슬이라고

흠이
구운
나

불을 켠 채 잠들었네
너무 취해 이불도 못 펴고
긴 의자에 쓰러졌지
대체 무슨 일이 있었는지
다시 확인해야 하는 지겨움
냉수 한 잔으로 잊고
새로운 과도가 기다리는
그냥 오늘만 살면 안 될까
어제 걱정에
벌써 하루 다 간 듯
후회만 깊어가고
그냥 눈만 떴다 감네

불면한
감정

부둥산감정사가 들어간 뒤
순뱃구점에서 소주를 마셨다
토막난 시운함이 끓어올라
시 한 편 썼다
술값은 만 천 원인데
이 시의 감정가는 얼마인가
창문 밖에서 아버지
연 담배 피고 있다

순간의 고드름

창밖 고드름 하나
겨울 햇살 비껴든 순간
낙하하는 자유
오늘은 당신 제삿날
산산이 흩어져 반짝이는

즐거운 겨울

아침 여덟 시면
창으로 들어오는 햇살 한 줌
기침으로 젖은 베개
이불이 고인 책상에 끄적이는
햇살 한 줌
뜰들이며 밤물이 꿈고
주위에 버려져 반짝이는 수저
섬엽엽을 계산하는 뉴스와
연체를 앓던다 고지서 속에서
아직도 포기하지 않은 사랑처럼
손톱에 빛나는 햇살 한 줌

정으
행로

이 땅의 모든 도시는 항구가 있지
사람이 비린내 풍기는 바닥에
뮤인 배 흔들리는 부두가 숨어있지

깊은 수심에 몸을 던져보지 않으면 물타
배를 살기 위해
내일을 죽이기도 하는 법

머리 위로 오가는 물의 것들이
항부로 집 뻗는 발아래
끈적한 파도 출렁이는 신작장이 있다네

출항 시간도 모르고
배표도 못 구한 내기저들이
밤마다 불행을 쉬는 곳

집이라곤 후회한 보따리
순들이즐 사람 하나 없으니
우리 빛고둥 울털 때까지
서로의 항로를 위해 한잔하지

평생 펜촉은 시 한 줄 써보지도 못하고

시 애기만 나오면 윗대 율리는

누구의 친구고 제자고 친축이고 애인이며

문학엔 석사고 박사인 분들

모임에 나가 순서에 민감하고

심사하면 인연부터 찾는 로맨티스트

덕분에 외진 술자리에서 맘이 울었으니

새해 인사 올립니다

인간 세상만 걸 알고

빛도 모르는 분들이시여

한 무정이 마르기도 전에 잊혀질 운명을

지금도 화석 취급 당하는 현실을

부디 잊지 마시길

시 | **전윤호**

대학에서 역사를 전공했으며 1991년 『현대문학』에 시가 추천되어 등단했다. 『세상의 모든 연애』를 비롯한 여러 권의 시집과 산문집들이 있다.

사진 | **이수환**

시인이 되고 싶었지만, 제주가 미미하여 사진으로 시를 쓰며 오랫동안 순천사진을 찍고 있다.

오후시선 04

아침에 쓰는 시

ⓒ 전윤호·이수환 2019

초판1쇄 인쇄 2019년 6월 20일
초판1쇄 발행 2019년 6월 27일

시   전윤호
사진   이수환
기획   김근니
펴낸이   이대현

책임편집   이태곤
편집   권분옥 홍혜정 박윤정 문선희 백초혜
디자인   안혜진 최선주
마케팅   박태훈 안현진

펴낸곳   도서출판 역락
출판등록   1999년 4월 19일 제303-2002-000014호
주소   서울시 서초구 동광로 46길 6-6 문창빌딩 2층 (우06589)
전화   02-3409-2058
팩스   02-3409-2059
홈페이지   http://www.youkrackbooks.com
이메일   youkrack@hanmail.net

ISBN   979-11-6244-403-0 04810
           979-11-6244-304-0 (세트)

책값은 뒤표지에 있습니다.
잘못된 책은 바꿔드립니다.